글모이

글모이

발행 | 2023년 01월 20일
저자 | 남태은, 진예랑, 이민준
펴낸이 | 한건희
펴낸곳 | 주식회사 부크크
출판사등록 | 2014.07.15(제2014-16호)
주소 | 서울특별시 금천구 가산디지털1로 119 SK트윈타워 A동 305호
전화 | 1670-8316
이메일 | info@bookk.co.kr

ISBN | 979-11-410-1244-1

www.bookk.co.kr

글모이

남태은 진예랑 이민준

CONTENT

2022학년도 함열초등학교 5학년 1반 학생들이 자신들이 원하는 주제를 선정하여 1년동안 동아리를 만들었습니다. 여러 동아리 중 이야기 글 쓰기 동아리 학생들끼리 모여 1년동안 이야기 만드는 방법을 공부하고 이야기를 만들었습니다. 1년동안 공동의 이야기를 만들기도 하고 각 자만의 이야기를 완성하기도 했습니다. 이 경험을 통해 더 많은 상상을 할 수 있는 학생이 되길 바라며 스스로 배워가는 과정에 즐거움이 있길 바랍니다.

제1화 한글 창제의 비밀

띠디디딩

선생님: 자 오늘 수업 끝~ 다음시간까지 한글날에 대한 글짓기

해오세요~

학생들: 예~

정음: 아 드디어 끝났다!! 훈민아 우리 도서관 갈래?

훈민: 뭐? 도서관을 왜가? 보드게임 한 판 하기도 바쁜시간인데?

정음 :야!! 오라면 좀 와!!우리 숙제해야 되잖아!

훈민: 싫은데... 나 국어 싫어한단 말이야. 너나 해.

(도서관)

훈민: (먼지를 털며) 정음아 이것봐 엄청 오래됐어

정음: 우와, 이게 뭐지? (책을 열음

훈민, 정음: 으아아악!!

   (쿵)

정음: 아야.. 여기가 어디지?? 훈민아 일어나봐!!

훈민: 여긴 어디지? 혹시 그 드라마 세트장인가? 여긴 어디야아아... 집에 어떻게 돌아가지?

정음: (궁을 이리저리 둘러봄)

   여기... 혹시 진짜 조선 아니야? 조선시대면 누가 왕이지?

내시: (걸어오며)못 보던 얼굴인데 어디 소속이냐?! 어디냐고 말 못해?!

정음: 아... 죄송합니다! 길을 잘못들어서..(놀란표정으로) 죄송합니다!

(궁 밖으로 나옴)

(웅성웅성)

백성 1:아니, 시방 그건 내것이고! 말이 안들려?!(잔뜩 화가 난 얼굴로)

백성 2: 여기를 보슈! (종이를 보여주며) 보라고 내껏이 맞당깨?!(어이없는 표정으로)

(훈민이와 정음이가 오며)

훈민: 무슨일이지? 왜 이렇게 시끄럽지?

정음:흠.. 상황을 보니... 저 종이... 한자로 써있어

훈민: 헉! 진짜 조선시대인가봐...(덜덜)

훈민: 아 근데 배고프다.. 뭐 먹을 거 없나?

정음: 저쪽으로 가보자

훈민: 어! 저기 허름한 집이 있어!

정음: 누가 있을수도 있으니까 들어가진 말자

훈민: 들어가보자 맛있는 냄새 나는데...

정음: 그래! 들어가보자. (집으로 들어감)

훈민: 으.. 추워..

정음: 어? 저기 누가 있는데?

(소리나는 쪽으로 걸어가면)

보스: 흠.. 무슨 방법이 없나?

부하: 일단 세종을 없애야...

보스: 그건 안돼 우리가 위험해져

부하 2: 그럼 조용히 아무도 모르게 궁에 들어가서 세종을 암살하면..

보스: 일단 그럼

(훈민과 정음이 놀라며)

정음: 헉! 그럼 지금 시대의 왕이 세종대왕이야?

훈민: 쉿 조용히 해.. 들키면 우리 돌아갈 수 없어

정음: 알겠어 그럼 이 말을 세종대왕님께 알려야지

훈민: 흠.. 궁으로 어떻게 들어가지?

정음: 그럼 이렇게 어때?

훈민: 뭐 위험하긴 하지만.. 성공하면 구할 수 있을 거야!

정음: 빨리 알려야 돼! 당장!

보스: 누구야?!

훈민: 으악! 빨리와!

훈민: 어! 저기 온다! 빨리 시작해!

정음: 저... 혹시 힘들지 않으세요? 여기 물 한 잔 드시고 가세요!

아저씨: 오! 고맙다

훈민: (나무통에 들어가며) 이때다!

(궁궐 안)

아저씨: 오늘따라 좀 무겁네! 왔습니다.

상궁: 감사합니다.

훈민: 휴 다행이 도착한 것 같아.. 휴.. 시작해보자 저기인가?

(훈민이는 왕이 있는 방으로 들어갔다)

훈민: 오와 대~박! 이제 정음이를 불러야지 정음아!!

정음: 들어오느라 힘들었네

훈민: 빨리 시작하자

정음: 그래... 휴...

(훈민이와 정음이는 왕이 있는 문을 연다)

왕: (놀란 표정) 너희들은 누구냐? 난 사람을 부른적이 없는데...

(훈민이와 정음이가 왕 앞에 절을 하며)

훈민: 저... 정말 죄송합니다. 급하게 알려드릴게 있어서요...

정음: 제발 부탁드려요...

왕: 그래 무슨 일이냐?

정음: 지금 혹시... 글자를 만들고 계시나요?

왕: 그걸 어떻게...

정음: 일단 제 말을 들어주세요.

왕: 그래 말을 해보거라

정음: 그... 지금 만들고 있는 글자를 어떤 사람이 없애려고 합니다.

왕: 뭐... 뭐라고? 럼 내가 무얼을 도와주면 되겠느냐?

정음: 그럼 (종이를 보려주며)

왕: 잠깐! 이건 한자가 아니라 내가 만들고 있는 글자잖아

정음: 지금 그건 나중에 이야기하고 빨리 우리 글을 지켜야 해요

왕: 그래 그렇게 하자구나

(병사글 앞으로 가며)모두들 궁을 지켜라!

병사: 넵! 알겠습니다.

(한글을 반대하는 세력들)

보스: 그럼 당장 부적을 가져와! 빨리!

부하 1,2,3: 넵

(부하들이 시체를 가져와 부적을 붙이며 좀비를 만든다)

보스: 좋아! 완벽해! 가자! 지금 당장!

부하들: 넵! 빨리 움직여

(보스가 만든 좀비들을 데리고 궁으로 간다)

보스: 침입해아!

백성들: 꺄악 조..좀비다.. 아아악!! 빨리 도망쳐

병사: 저건.. 뭐야.. 저리가!! 아악!!

병사: 빨리! 세종대왕님을 보호하라!!

궁녀: 어머나 세상에~ 끼약!!

정음: 벌써 좀비가 침입한 것 같아요

왕: 그럼 더 빨리 움직여야겠구나

정음: 일단.. 왕께서는 그.. 글을 지켜주세요. 그리고 훈민아 너는
가서 좀비에 대한 책을 찾아줘!

훈민: 나. 나 한자 모르는데..

정음: 빨리! 이러다가 우리도 못 돌아가!

훈민: 알겠어!

왕: 좀비들이.. 벌써 궁안까지 들어왔다. 우리는..

정음: 그런 소리하지 마세요! 우리가 지켜드릴게요!

왕: 고맙다

병사: 세종.. 대왕님... 꼭.. 살아주세요..

왕: 아.. 안돼!!

(집현전 안)

훈민: 우악! 존비가 여기까지 들어왔잖아! 서둘러 가야겠다.

훈민: 우와 책 진짜 많다 어! 저 책은 한번도 않읽은 책 같은데..

(책을 뒤지며) 흠.. 엇 저기! (책이 하나 밖에 없는 곳으로 가며)

어.. 이 책도 한자인데.. 뭔가.. 이상해. 이걸 가져가보다

(근정전 안)

왕: 흠.. 언제 오는거지.. 벌써 시간이..

정음: 괜찮을거에요. 훈민이는 잘 해낼꺼에요.

훈민: (숨 차는 목소리로) 책.. 책을 가져왔어요.

오아: 어디보자

정음: 잘 가자온거 맞지?

훈민: 몰라 근데 다시는 못 갈 것 같아! 좀비가 엄청 늘어났어!

왕: 일단 보기라도 하자구나 흠..

정음: 잘 가져온게 맞나요?

왕: 흠.. 이건 아닌 것 같구나..

훈민: 네? 그럼.. 우리는..

(책 속에서 종이가 떨어진다)

정음: 어? 저게 뭐지? (떨어진 종이를 주우며)

훈민: 어? 나 이거 드라마에서 봤어 이거 부적인데?

왕: 어? 이건

왕: 부적을 모아두는 책인데.. (부적책을 요리조리 보며) 이거다!

훈민: 헉 좀비들이!

사람들: 끼약~ 살려줘~

왕: 여기 부적을 사용하여 만든 좀비는 빛이나 거울을 이용하여
퇴치할 수 있다.

정음: 거울이요? 거울이..

왕: 거울은 저기 있단다.

훈민: 지금은 해가 진 상태인데 어떡해

정음: 꾸물거리지 말고 (훈민이에게 거울을 주며)자 여기~ 빨리
좀비를 없애자!

훈민: 알겠어

왕: 너희들은 성공할 수 있을 거다

정음: 넵! 자, 하나 둘 셋! 이얍!

좀비: 꾸에엑! 꾸엑

훈민: 좋았어! 이얍!

좀비: 켁

부하 1: (훈민이와 정음을 보고 놀라며) 큰 일 났습니다 지금 한번도 본적없는 아이들이..

보스: 뭐라고? 좀비의 약점을 어떻게 안거지?

부하들: 크흠..

훈민: 오 뭐야.. 좀비 죽이는거 너무 쉬운데?

정음: 그러게.. 근데 좀 불안한데

훈민: (뒤를 돌아보며) 어.. 어? 정음아 우리.. 망한거 같아

정음: (뒤를 돌아보며) 뭐? 망했다고? 왜.. 헉 뛰자!

훈민: 으악!! 헉.. 헉.. 이제 안오냐?

정음: 아직 몰라.. 근데 어떻게 된거지? 분명 거울에 약하다고..

훈민: 나도 몰라.. 책이 잘못된건가?

보스: 아니? 그 책은 잘못되지 않았어

훈민: 네? 누구세요?

보스: (훈민과 정음을 비웃으며) 나는 그 좀비를 만든 사람이지

정음: (거울을 들며) 뭐.. 뭐야! 훈민아.. 저 사람 뒤에..

보스: 왔나보군 너희들은 누구냐? 옷도 다르고 머리스타일도..

정음: 당신이 무슨 상관인데요! (좌우를 둘러보며)훈민아!

훈민: 왜? 막다른 곳이야... 이렇게 가다간 집에 못 돌아가

정음: 원하는게 뭐죠? 뭐 때문에 이렇게 하시는 건데요?

보스: 어린 것이 어디서 어른한테 소리를 질러?

정음: 아니~~

보스: 자.. 이제 준비를 해볼까?

정음: 대..답 좀 해주세요..

보스: 정 그렇다면 세종대왕이 만들 글을 없애기 위해서다.

정음: 네? 이유가 뭐죠?

보스: 그런 글자는 오랑케나 하는 짓이고 중국의 언어와 많이 다르고 우리는 지금..

훈민: (말을 자르며) 네? 그게 뭔 이유라고.. 한글이 얼마나 뛰어난 글인데.. 와 어이없네..

보스: 뭐? 너 지금 한자를.. 보자보자하니까 더 이상 못참겠군!
시작해라!

정음: 야! 갑자기 끼어들면 어떻게!

훈민: 아니.. 너무 화가 나서.. 미안..

점음: 이제 나갈 곳은 없어. 우리는 이제 죽는거겠지?

훈민: 미안해... 내가 말만 안했어도...

(휘용!)

정음: 뭐지? (놀란 얼굴로)

왕: 너희들 괜찮니?

정음: 세종대왕님이야!

보스: 뭐.. 뭐야?

왕: 모두 조준! (탁!)

좀비: 꾸엑 흐억!

보스 안돼.. 안돼!!

(터벅터벅)

왕: 애들아 괜찮니?

정음: 네

훈민: 정말 감사합니다!

왕: 내가 더 고맙지

정음: 그런데 좀비가 또 살아나지 않을까요?

왕: 걱정할 필요없다. 화살 끝에 특수한 독을 발랐거든

정음: 휴.. 다행이네요

왕: 내가 만들고 있는 글을 지켜주어서 고맙단다 내가 너희에게 큰 상을…,

정음: 그러실 필요없어요 세종대왕님께서 우리의 목숨을 살려 주셨는데요.

훈민: 맞아요 그리고 우리는 다시 돌아가야 되기 때문에 필요없어요

왕: 허허 참 특이한 아이들이구나

정음: 그런데

훈민: 훈민 또 뭐

정음: 우리 집에 어떻게 돌아가지?

훈민: 그러게..

정음: 흠.. 우리가 책을 통해 과거로 왔으니까.. 책! 책을 찾아보자!

훈민: 그래 그럼 도서관에 가보자@

정음: 좋아

왕: 나도 도와주지

정음: 아니요! 괜찮아요. 세종대왕님 궁으로 가셔서 푹 쉬세요.

왕: 허 알겠다.

정음: 여기가 도서관이야?

훈민: 응 내가 저기를 찾아볼 테니까 니가 저쪽을 찾아봐(왼쪽과 오른쪽을 가르키며)

정음: 알겠어 (뒤적뒤적)

정음: 흠.. 찾기 힘들 것 같네

훈민: 엇! 찾은 것 같아!

정음: 진짜?

훈민: 이거 같은데 어때?

정음: 한번 열어 보자.

훈민: 아 그전에 우리가 돌아가면 세종대왕님께 작별인가를 못하잖아

정음: 그럼 편지를 쓰자!

훈민: 그.. 편지를 어디에 쓰지?

정음: (주머니를 뒤지며) 여기있다!

훈민: 뭔데?

정음: 수첩 다행이 있었네..

훈민: 연필은 있어?

정음: 응! 있어 가지고 다니길 잘했다

훈민: 빨리 쓰자!

정음: 그래

(종이에 글을 적으며)

정음: 됐다! 세종대왕님께서 알아보시겠지?

훈민: 당연하지! 자 이제 책을 펴보자

정음: 휴 제발 이책이 맞아야 되는데...

(책을 피며)

훈민, 정음: 아아악

정음: 아이고 머리야.. (주위를 둘러보며) 훈민아 일어나봐!!

훈민: (허우적대며 일어난다) 여기가.. 우리 맞게 돌아온건가?

정음: 응 우리 학교로 돌아왔어!!

(서로 부둥켜 안으며 펄쩍펄쩍 뛴다.)

에필로그

자막: 안녕하세요. 인터뷰를 하게되서 영광입니다.

세종: 하하하 네

자막: 바로 질문 드리겠습니다. 훈민정음은 어떻게 만들게 되었나요?

세종: 백성들이 한문에 대한 어려움이 많았기 때문에 백성들을 위해서 우리만의 글자가 필요하다고 생각하여 만들게 되었습니다.

자막: 그럼 훈민정음의 뜻은 무엇인가요?

세종: 훈민정음은 백성을 가르치는 글이라는 뜻 입니다.

자막: 훈민정음을 반포한 다음 백성들의 삶은 어떻게 변화되었나요?

세종: 여인들도 쉽게 글을 배워 글과 시를 쓸 수 있게 되었고 백성들이 한자를 읽기 못해 공문서, 거래문서 등 제대로 알지 못하며 어려움에 처하는 일들이 줄어들었습니다.

자막: 한자와 한글의 차이점은 무엇일까요?

세종: 한자는 사물의 모양을 본떠서 만들었지만 훈민정음은 발음기관을 관찰한 후 소리나는대로 만든 표음 문자이며 한자는 글의 수가 많아 배우기 힘들지만 훈민정음은 28 자만 익혀 그 원리를 알면 누구나 쉽게 배울 수 있는 과학적인 문자입니다.

그리고 언제, 누가, 어떤 의도에서 만들었는 지가 분명한 세계 역사상 유일한 훌륭한 글자이지요. 허허허 내 자랑 같아 부끄럽군요. 허허허

자막: 감사합니다. 소중한 한글을 잘 사용하겠습니다.

제2화 메리메리 크리스마스

[해설자] 겨울이 찾아왔어요 가족하고 트리를 꾸밀 거예요. 트리

위에 큰 별을 달 거예요

그 주변엔 장신구를 달 거예요.

이제 밤이 되면 산타 할아버지가 오실 거예요.

지금 밤이 되었어요 산타 할아버지가 오시고 계실 거예요. 이제

불을 끄고 잘 시간이 찾아왔어요 산타 할아버지가 오셨어요.

근데 지금 잠이 오지 않았어요.

지금 핸드폰을 하고싶었어요.

로블록스를 하고싶었지요.

[에랑이 마음속] 아...로블록스하고 싶다.

산타 할아버지는 언제 가는 거야?

빨리 로블록스 하고싶은데...

[산타할아버지] 허허허 메리크리스마스 잘 보내거라 허허허

[해설자] 산타 할아버지가 선물을 주고 가셨어요.

[예랑이] 로블록스해야지 어 우와! 선물이다!

[해설자] 예랑이는 선물을 뜯었어요.

에랑이는 스폰지밥 인형을 받았어요

[에랑] 와! 귀엽다!

[해설자] 에랑이는 기뻐했어요

그것도 잠시였어요.

[예랑이] 어어! 아야 머리 아파 어 여긴 어디야!

[???] 안녕

[에랑] 누! 누구세요

[요정] 난요정이야

[에랑] 요정아 여긴 어디야?

[요정] 여긴 겨울의 나라야

[에랑] 겨울에 나라?

[요정] 그래 겨울의 나라

[에랑] 근데 네가 왜 여기 있는 거야?

[요정] 나도 잘은 모르겠어 니가 어떤 포탈을 타고 온 것 같아

[에랑] 포탈?

[요정] 그래 포탈

[에랑] 그럼 난 어떻게

[요정] 한 가지 방법이 있어

[에랑] 그게 뭔데

[요정] 크리스탈을 찾아주면 돼

[에랑] 알겠어

[요정] 조심해

[해설자] 깊은 산속으로 들어갔어요.

[에랑] 어! 여기있다.

[요정] 크리스탈을 찾았구나

축하해

[에랑] 요정아 잘있어!

[부모님] 에랑아 일어나!

[에랑] 어! 꿈이 였어!

[부모님] 에랑아 빨리 학교 갈 준비해

[에랑] 네!

[예랑이 마음속] 뭐지? 꿈이었나?

[요정] 쉿 비밀

- 끝 -

제3화 어쩌다 펜싱 중

1 7살때부터 펜싱선수가 꿈이었던 리자베스,(엘리자베스: 엄마 나는 커서 펜싱선수가 될 거에요!) 하지만 리자베스의 아빠가 다니던 회사가 망하게 되고(아빠:회사가 망했어...) 아빠와 엄마는 이혼을 하게 되고 만다.(아빠:우리 이혼해!) 엘리자베스는 엄마를 따라가게 되고.엘리자베스와 엄마는 힘든 삶을 살게 된다. 7년이 지나고 돈이 많은 찐친의 제안으로 외국여행을 떠나게 된다.(엘리자베스:진짜 파리 가는 거야??)(친구: 당연하지!) 엘리자베스는 친구와 파리에서 펜싱놀이를 하다가 아주 유명한 펜싱중학교 회장의 눈에 들어오게 된다(회장:저기 학생 우리 중학교에 들어오는 건 어때? 다 지원 해 줄게!) 그렇게 되어 엘리자베스는 엄마께 허락을 구하고 펜싱중에 입학하게

된다.

2 엘리자베스는 새로운 학교에 들어오게

된다(엘리자베스:여기가 펜싱중인가?) 엘리자베스는 친구들을
사귀지 못하고 펜싱 연습만 했다. 엘리자베스는 열심히
펜싱연습을 하고 펜싱 중 회장님께서 지원해준 새로운 집으로
들어가려고 하던 찰나 엘리자베스의 새로운 코치 선생님이 한달
뒤에 펜싱 선발대회가 열린다고 말한다. 엘리자베스는 처음
나가는 대회인지라 너무 설렜다. 엘리자베스는 설레는 마음 안고
집으로 가서 한국에 있는 엄마에게 전화를 하는데...

3 엄마는 전화를 받지 않았다. 하지만 엘리자베스는 그냥 못

받나 보다 생각하고 설레는 마음으로 잠을 청했다. 엘리자베스는
하루하루 펜싱 선발 대회까지 펜싱연습을 열심히 했다.
대망의 펜싱선발대회가 열리는 날이다 엘리자베스와 코치, 다른
선수들은 선발대회를 하는 중국으로 가는 비행기를 탔다.
엘리자베스는 비행기를 타고 가면서도 너무 설렜다

엘리자베스는 나의 솜씨를 뽐낼 수 있는 날이어서 행복하고 아주 기뻤다.

엘리자베스는 중국에 도착했다. 시험장에 첫 발을 내딛었다.

처음으로 엘리자베스랑 상대할 선수는 영구라는 사람이었다.

영구는 살짝 멍청히 보였다. 그렇게 시작된 경기

영구가 먼저 공격을 넣었다.

영구의 공격은 강력했다.

엘리자베스는 영구의 모습을 보고 감탄하다 첫 번째 점수를 빼앗겼다.

4 엘리자베스는 오기가 생겨서 각성하게 된다. 엘리자베스는 처음 경기에서 어렵게 통과하게 된다.

엘리자베스는 너무 기뻐서 숨돌릴 시간도 없이 바로 엄마에게 전화를 하였다. 하지만 엄마는 전화를 받지 않았다.

엘자베스는 경기가 끝나고 바로 한국으로 가겠다고 코치님께 양해를 구하고 한국으로 가는 비행기를 탔다.

엘리자베스는 그 비행기 안에서 알렉스라는 남자를 만나게 된다

알렉스는 아주 잘생겨서 엘리자베스는 알렉스에게 꽂히게 된다

한국에 도착하자마자 엘리자베스 집으로 힘차게 달려가게 된다

집에 도착하자마자 엘리자베스는 엄마를

급하게 불렀다, 하지만 엄마는 없었고

엘리자베스는 절망하게 된다.

엘리자베스는 코치님께 전화를 했다.

5 그런데...전화를 받은 사람은 코치님이 아니었다

엘리자베스는 놀라서 누구냐 고 말했다. 그 사람은 바로

알렉스였다. 엘리자베스는 알렉스에게 엄마가 살아졌다고

말했다. 알렉스는 다행히 엘리자베스 집 근방에 있었던 알렉스는

넓은 아량을 베풀어 엘리자베스 집으로 달려갔다.

엘리자베스의 집에 도착한 알레스는 엘리자베스를 불렀다.

알렉스와 엘리자베스는 같이 엘리자베스의 엄마를 찾으러 갔다.

엘리자베스와 알렉스는 시간 가는 줄도 모르고 엘리자베스

엄마를 찾으러 다녔다.

그런데 그때!

엘리자베스 엄마의 물건을 발견하게 된다.

엘리자베스는 계속해서 엄마를 찾으러 가게 된다.

4시간이 지나고 드디어 엘리자베스 엄마를 찾게 된다......

그런데 엘리자베스 엄마 주변에는 조폭들이 있었고

엘리자베스는 의식을 잃게 된다.

엘리자베스가 눈을 떴을 때 엘리자베스는 병원에 누워있었고

조폭들은 알렉스가 처리하고 집으로 돌아간 상태였다.

6 엘리자베스는 미리 저장해 놓은 전화번호로 알렉스에게

전화를 걸었다. 엘리자베스는 알렉스에게 인사를 전하고 전화를

끝냈다. 엘리자베스는 다시 미국으로 돌아갔다

미국으로 돌아갔다.

미국에서 엘리자베스는 못한 펜싱연습을 3배로 했다.

코치님은 엘리자베스에게 조원을 해 주셨다.

(코치:펜싱을 잘 하려면, 연습하는 것도 중요 하지만, 마음가짐이

더 중요해)

엘리자베스는 코치님의 조원을 듣고

눈시울이 붉어졌다.

엘리자베스는 곧 울 것만 같았다.

엘리자베스는 연습을 끝나고 숙소로 돌아갔다.

엘리자베스는 숙소로 들어가던 찰나에 알렉스를 보게 된다.

알렉스는 어떤 여자와 대화를 나누고 있었다.

엘리자베스는 알렉스를 보고 심장이 바쁘게 뛰었다.

엘리자베스는 숙소로 들어가서 마음을 다 잡고 시간표를 썼다.

그런데!

7 엘리자베스의 숙소를 누군가가 바쁘게 두드리고 있었다.

엘리자베스는 시간표를 다 쓰고 숙소 문을 열어보았다.

그런데! 엘리자베스가 문을 열자 과하게 화장한 여자가 땀을 삐질 삐질 흘리고 있었다. 엘리자베스는 그 여자를 보고 그냥 도레미를 친 여자라고 생각했다.

그런데 갑자기 그 여자가 엘리자베스의 숙소로 들어갔다,

엘리자베스는 당황이란 말 모르고 침착하게 코치님한테 전화를 해서 상황을 설명했다.

그러자 코치님은 말이 끝나기가 무섭게 엘리자베스의 숙소로 경찰들과 함께 뛰어왔다.

다행히 그 여자는 경찰들에게 잡혔다. 그 여자는 경찰로 가서 조사를 해보니 알렉스의 사생 팬을 넘어서 진짜 도레미를 친 여자였다.

그런데 그 여자는 허언증이 너무 심해서 말이 통하지 않았다.

그래도 알렉스 라는 말에는 반응했다.

그 도레미를 친 여자의 말을 들어보니

자신은 알렉스의 여친이고 나는 알렉스와 함께 있어야 해 한다는 말만 반복했다.

엘리자베스는 기겁을 했다.

(엘리자베스: 뭐야 진짜 무서워)

경찰은 엘리자베스에게 말을 걸었다.

(경찰: 전에도 이런 일이 있었나요?)

(엘리자베스: 아니요 이번이 처음 이에요)

(경찰: 정말 다행이네요)

(엘리자베스: 왜요? 무슨 일이 있나요?)

(경찰: 그 여자는 펜싱중을 여러 번 침범해 알렉스 도련님의 몸에

해를 가했거든요)

(엘리자베스:진짜요? 알렉스라는 사람은 괜찮나요?)

(경찰: 네 다행히 이번에는 다치지 않았 다네요)

(엘리자베스: 다행이네요)

(경찰: 전 이만 가봐야 겠네요.)

(엘리자베스: 네)

8 엘리자베스는 안심하고 숙소로 돌아갔다.

엘리자베스는 마음을 가다듬고 펜싱연습을 더 했다.

엘리자베스는 연습을 끝 마치고

이제야 저녁밥을 먹었다.

엘리자베스는 엄마가 보고 싶었다.

그런데! 갑자기 엘리자베스의 전화벨이 급하게 울렸다.

엘리자베스는 전화를 받자마자 어떤 여자가 다급하게

엘리자베스를 불렀다.

그 엘리자베스를 부른 여자는 엘리자베스가 들어보지 못한

목소리였다.

그 영문 모르는 여자는 엘리자베스에게 말을 걸었다.

엘리자베스는 어쩔 수없이 대답을 했다.

(엘리자베스: 누구세요?)

(??: 언니 지금 어디야?)

엘리자베스는 당황했지만 침착하게 말을 이어갔다.

(엘리자베스: 엄.....저는 지금 프랑스에 있어요)

(??: 뭐라고 언니 언제 파리 간 거야?)

(엘리자베스: 어..죄송한데..누구세요?)

(??: 언니 우리 오랜만에 연락한다고 삐진 거야?)

(??: 나 미나켈이잖아)

(엘리자베스: 미나켈?)

엘리자베스는 그 여자의 이름을 알고 입을 다물지 못했다.

(엘리자베스의 속마음: 미나켈 이라면...6년전 아빠도 아닌

사람이 돈이 될 거라며 데려갔던 미나켈? 갑자기 왜 전화 한거지?)

(미나켈: 언니!언니? 왜 말이 없어?)

(엘리자베스: 어,그래 근데 왜 전화한 거야?)

(미나켈: 어..그게 지금 내가 독일에 있거든?

근데..)

(엘리자베스: 근데?)

(미나켈: 진짜 진짜 미안한데 돈 좀 빌려줄 수 있어)

(엘리자베스: 뭐라고?....)

9 (미나켈: 진짜 미안... 딱 천만원만....)

(엘리자베스: 아..아빠는 어떻게 됐는데?)

(미나켈: 아..아빠는..돌아가셨어...)

(엘리자베스: 뭐라고? 언제 돌아가셨는데?!)

(미나켈: 3월달에...)

(엘리자베스: 뭐? 왜 연락 안 했어?)

(미나켈: 어쩔 수가 없었어...)

갑작스러운 아빠의 죽음의 엘리자베스는 의식을 잃고 말았다...

왜 의식을 잃은 건지는 알 수 없었다.

아빠의 대한 감정은 사랑이라는 감정과 슬픔이라는 감정조차

없었기 때문이다...

엘리자베스는 병원에서 정신을 차렸다.

(엘리자베스: 윽.......여긴 어디지?)

(간호사: 괜찮으세요?)

(엘리자베스: 네? 여긴 어디예요?)

(간호사: 여긴 병원이에요 숙소에 쓰러져 계셨어요)

(엘리자베스: 네? 제가 쓰러졌다고요?)

(간호사: 수액 다 맞고 가시면 돼요)

(엘리자베스: 아..네..)

(엘리자베스 속마음: 내가 쓰러졌다고? 그럴 리가 없는데...혹시

아빠 때문에 쓰러진 거야?...

왜지? 슬프지도 않았는데...

그리고 아빠가 죽었을 때는 3월이잖아..지금은 11월이라고....

윽...근데 머리 아파...)

(코치: 엘리자베스! 괜찮니? 어쩌다가 쓰러진 거야? 급한데로 좀

작은 병실로 했는데 괜찮니? 큰방으로 옮겨줄까?)

(엘리자베스: 아니요 괜찮아요...잠깐 쓰러진 거에요 걱정 마세요

수액만 다 맞고 퇴원할 수 있어요..)

(코치: 그래? 다행이네. 펜싱은 할 수 있지?)

(엘리자베스: 네.. 발목을 다친 건 아니라 서요..)

(코치: 다행이제 나는 급한일이 있어서 먼저 가볼게 미안하다...)

(엘리자베스: 괜찮아요. 안녕히 가세요)

엘리자베스는 창문으로 바깥풍경을 보았다.

창문 밖에는 어린아이들과 참새, 비둘기,다람쥐가

뛰어놀고있었다..

엘리자베스는 잠시 생각에 빠진다...

(엘리자베슨 마음속: 수액 거의다 맞았네..

하..미나켈 괜찮으려나?.. 미나켈은 지금 뭘 하고있을까? 하..

나도 밖에 나가고 싶다..

수액 다 맞으면 펜싱하러 가야되겠지?)

10:(간호사: 괜찮으세요? 수액 다 맞으셨네요 잠시만요...)

(간호사: 자 되셨어요.)

(엘리자베스: 감사합니다.)

엘리자베스는 수액을 다 맞고 병원을 나왔다.

(엘리자베스: 하...이제 펜싱중으로 가야지. 그냥 이러고

있고싶다..)

엘리자베스는 펜싱중으로 향했다.

엘리자베스는 펜싱하는 것은 좋지만 무리해서 하고싶진 않았다.

엘리자베스는 펜싱중으로 가던 중 편의점을 들렀다.

(알바생: 어서오세요.)

엘리자베스는 간식코너를 한바퀴 돌고 음료 코너도 한바퀴

돌았다.

(엘리자베스: 흠..먹을거 없나? 어짜피 연습 때문에 못 먹을 텐데..

그래도 삼각김밥 하나 사야겠다...)

(알바생: 괜찮으셔요? 아..호감이 아니라 걱정돼서 물어보는

거에요)

(엘리자베스: 걱정해 주셔서 감사해요 요즘 힘들어 서요..)

(알바생: 왜요? 무슨 일이라도..

흠 혹시 운동 선수세요?)

(엘리자베스: 네? 그걸 어떻게 아셨어요?)

(알바생: 하.하.하 제 아버지께서 펜싱 코치 시거든요 그래서 집에

오실 때마다 펜싱얘기만 해요 그래서 문제예요)

(엘리자베스: 좋겠네요 뭔가 어떨지 알 것 같아요 저도

코치선생님께서 항상 펜싱얘기만 하시고 일상얘기는

안하시거든요 그래도 참 좋으신 분이에요 가끔은 힘이 되는 말을

해 주시거든요)

(알바생: 어? 우리 아버지랑 비슷한 것 같은데요?)

(엘리자베스: 진짜요? 혹시 아버님 성함이..)

(알바생: 제임스 로런이요)

(엘리자베스: 헐 진짜요? 이런 우연이 저희 코치님 이름도 제임스

로런인데 헐 대박이네요)

(알바생: 근데 어디서 오셨어요?)

(엘리자베스: 한국이요)

(알바생: 헐 영어 진짜 잘 하세요!)

(엘리자베스: 정말감사해요 이런말 처음 들어봐요)

(알바생: 네? 왜요? 영어 진짜 잘 하시는 데요?)

(엘리자베스: 진짜 고마워요)

엘리자베스는 편의점 알바생과 대화를 나누다 시간 가는 줄

모르고 편의점에 있었다.

엘리자베스는 시간을 보고 놀라며 펜싱중 숙소로 들어간다.

엘리자베스는 펜싱중 숙소로 들어가 많은 고민에 잠겼다.

(엘리자베스 생각: 정말 좋은 사람이었어 또 저런 사람을 만날 수 있을까? 그래도 아빠 같은 사람은 없어서 다행이다 난 왜..칭찬을 받지 못했을까? 내가더..잘 했고 먼저 태어났는데..)

엘리자베스는 많은 고민에 빠지다 잠에 들고말았다.

11: 아침이 밝았다. 불행인지 다행인지 엘리자베스는 아침에 일어나 펜싱 연습을 하러 갔다.

(엘리자베스: 좋은 아침이네요 오늘도 열심히 연습합시다!)

(크리스탈: 어!엘리! 너 괜찮아? 너 아팠다며 연습할수 있겠어?)

(엘리자베스: 괜찮아 크리언니 잠깐 쓰러진거였어 연습 두배로 해야지)

(크리스탈: 그래 그럼 무리하진 말고 열심히 해 난 아들이 아파서 병원 가봐야 해서 가볼게)

(엘리자베스: 응)

크리스탈은 엘리자베스가 펜싱중에서 만나 친해진 언니이다

크리스탈 언니는 결혼을 일찍 해서 찰리라는 아이가 있다.

(코치: 엘리자베스 괜찮아? 일주일 뒤에 영국에서 하는 시합이 있는데 괜찮겠어?)

(엘리자베스: 괜찮아요 이정도는 껌이죠 더 열심히 연습할거에요!)

(코치: 그래 다행이네 난 커피를 좀 가져올게)

(엘리자자베스: 넵!)

일주일이 지나고 시합당일이 되었다.

(엘리자베스: 너무 떨린다..잘 할수 있겠지?)

(코치: 엘리자베스 괜찮니? 연습을 잘 못 해서 걱정이구나)

(엘리자베스: 괜찮을 거에요 저는 꼭 이길테니까요!)

(코치: 그래 파이팅이다!)

엘리자베스는 코치님의 응원을 받고 영국으로 가는 비행기를 타게된다.

(승무원: 어..안녕하세요? 정말 팬이에요! 혹시 사인 해주실수 있나요?)

(엘리자베스: 네? 저요? 저는 아직 국가대표도 아니고 시합은 한번밖에 안 했는데요?)

(승무원: 네! 저 기억 안 나세요? 저 첼시에요!)

(엘리자베스: 첼시요? 첼시라면 그 윈디원 첼시 라는 거죠?)

(승무원: 네! 기억나세요?)

(엘리자베스: 네! 진짜 반가워요! 그땐 정말 감사했어요!)

(승무원: 아니에요! 제가더 고맙죠!)

중국 시합날

(엘리자베스: 흠 하! 여기가 중국인가? 코치님은 어디 가셨지?)

(코치: 난 잠깐 화장실 좀 다녀올 게)

(엘리자베스: 어.. 다 중국어야. 머리가 어지러워)

(??: 어? 안녕하세요?)

(엘리자베스: 누구세요? 영어 하실 수 있어요?)

(??: 네 저는 중국어도 할 수 있고 그리고 영어도 할 수 있는
첼시입니다!)

(??:大家好 我的脸在发光呢 后面贴着抓东西 看那边的话
在有麦当劳的地方 给我们盛一个吧 真的非常感谢)

(엘리자베스: 뭐 라는 거지?)

(첼시: 이리 오세요! 저 사람은 하나에 도를 아세요? 이런 거에요!

그러니 중국 사람이 다가오면 모른 척 하고 도망가면 되요)

(엘리자베스: 고마워요)

(첼시: 근데 혹시 펜싱하세요?)

(엘리자베스: 어떻게 아셨어요?)

(첼시: 펜싱 가방이 크게 있는데 어떻게 모르겠어요)

(엘리자베스: 그러네요 정말 감사했습니다.

전 가볼게요)

(첼시: 넴)

(엘리자베스: 근데 중국어를 어떻게 그렇게 잘하시는 거에요?)

(승무원: 아 부모님께서 중국에서 일하셔서요 그리고 승무원인데

그 정도는 해야 죠 영어 랑 중국어 일본어 스페인어 한국어는

기본이에요)

(엘리자베스: 진짜 대단 하시네요!)

(승무원: 그럼 엘리자베스님 께서는 왜 이렇게 영어를 잘 하세요?)

(엘리자베스: 아..그건 어릴 때 동생이 영어를 배웠을 때 제가

심심해서 그냥 옆에서 따라 배우다가 기본은 배웠고 친구중에

영어선생님이 꿈인 애한테 처음으로 배우게 됐고요 그리고

독학으로도 배웠어요 이정도는 기본이죠!)

(승무원: 크흠..엘리자베스님께서는 기본을 잘 모르시구나

하.하,하)

엘리자베스는 전에 만난 첼시라는 승무원과 이야기를 나누다

영국에 도착하게 된다.

12: (승무원: 이제다 도착했네요 즐거운 시간 되세요)

(엘리자베스: 네! 감사합니다)

엘리자베스는 영국에 도착해서 영국 공항을 돌아다녔다 그런데

그때!

(??:어? 엘리자베스! 진짜 오랜만이다!)

(엘리자베스: 누구세요? 제 이름 아세요?)

(??: 나 알렉스야 기억 안나?)

(효과음:

샤라라라라라ㄹ · ㄹ라ㄹ · 라라라ㄹ · 라ㄹ ·   ㅏ ㄹ랄ㄹ샤라

ㄹ · 라랄ㄹ · · ㅏ 라ㄹ · 랄 라라라)

(엘리자베스: 헐 진짜요? 다시 봐도 잘 생겼네요)

(알렉스: 네? 근데 만나서 반가워요)

엘리자베스는 영국 공항을 돌아다니다 2개월 전 영국으로

펜싱연습을 하러간 알렉스를 만나게되었다.

(엘리자베스: 정말 반갑지만요 저는 이만 가볼게요 시합이

오후4시여서요 지금이 3시니까 준비하고 헐..망했다..)

(알렉스: 실례가 안된다면 태워 드릴까요? 어차피 저도 그쪽으로

가야되거든요)

(엘리자베스: 네? 그건 제가 실례되는 건데요?)

(알렉스: 그럼 된다는 거죠? 2분안에 갈거니까 빨리타세요)

(엘리자베스: 아니 근데 막 이렇게 탔다간 기사 나는 건 아니죠?)

(알렉스: 괜찮아요 빨리 가죠 시간이 별로 없어요)

(엘리자베스:넵!)

(차안)

(알렉스: 근데 너 코치 없어?)

(엘리자베스: 네? 갑자기 반말...)

(알렉스: 어차피 한 살 밖에 차이 안 나잖아 그냥 말 놔)

(엘리자베스: 어..어 있긴 있는데 코치님께서 바쁘시다고 하셔서

먼저 가 있으라고 했거든)

(알렉스: 자 도착했다 짧은 시간이었지만 재밌었어)

(엘리자베스: 어..나도 잘가..)

엘리자베스는 알렉스의 차를 타고 경기장에 빠르게 도착하게
되었다.

(엘리자베스: 와.. 진짜 심장 터지는 줄 으에엥 뭔데 설레냐 고)

(??: 어? 니가 엘리자베스니? 만나서 반갑다!)

(엘리자베스: 네? 어..누구..?)

(??: 나는 티파니야 너의 매니저가 될 사람이지 만나서 반가워
음..너 이번에 꼭 이겨야하는 구나?)

(엘리자베스: 그걸 어떻게 아셨어요?)

엘리자베스는 처음 시합 때 간당간당 하게 이겨서 이번 경기는
3점 이상의 격차를 내야지 다음 대회에 진출할 수 있다고 한다.)

(티파니: 딱 보면 알쥐 내가 펜싱 몇 년 차인데)

(엘리자베스: 진짜 대단하시네요!)

(티파니: 어 곧 시작하네 빨리 들어가자)

(엘리자베스: 네!)

(티파니: 파이팅!)

(엘리자베스: 네! 파이팅!)

엘리자베스는 펜싱 경기을 시작하게 된다.

엘리자베스의 상대는 일본에 새로운 샛별인 히니치 나오누 라는
선수였다.

엘리자베스는 최대한 마음을 진정시키고 경기를 했다.

(삑!)

엘리자베스가 히니치 나오누 선수에게 점수를 주고 말았다.

(엘리자베스 마음속: 엄마 아..발 꼬였다..

아니야 잘 할수 있어!)

(삑!)

다행히 엘리자베스가 히니치 나오누의 머리를 쳤다!

아직까지는 엘리자베스가 2점차로 이기고 있었다

(엘리자베스 속마음: 휴 다행이다 넌 할 수 있어!)

그렇게 경기가 끝날 무렵 히니치 나오누가 엘리자베스의 머리를
쳤다.

엘리자베스와 동점이었던 히니치 나오누가 5점 차로 역전을
해버렸다.

이대로 가다간 엘리자베스가 지게 된다.

다행히 이성의 끈을 아직 놓치 않은 엘리자베스는 마지막 공격을
했다.

남은 시간은 단 1분이었다.

지금 엘리자베스와 히니치 나오누의 점수는 35대30이었다

엘리자베스는 마지막 공격으로 코치님께 몰래 배운 동작으로
선보였다

엘리자베스의 공격은 성공적이었다

히니치 나오누는 어찌할 바를 모르다 9점이라는 점수를 내주게
된다.

이제 끝나기 5초 전이었다.

엘리자베스는 진짜 마지막으로 히니치 나오누의 머리를
치게된다 엘리자베스는 43점이라는 점수로 히니치 나오누를
이기게 된다.

엘리자베스는 경기가 끝나고 인터뷰를 하게 된다.

(기자: 엘리자베스님 일본의 히니치 나오누을 이기게 되었을 때
어떤 기분이었나요?)

(엘리자베스: 정말 날아갈 기분이었습니다. 정말 이 시합이

마지막 이라고 생각하고 이 시합을 이기니 아주 아주 너무

행복했습니다.

저와 시합을 해준 히니치 나오누에게 고마움을 전합니다)

엘리자베스는 인터뷰를 끝내고 가족 들에게 연락을 돌리고

펜싱중으로 가게 된다.

13:(코치: 엘리자베스 정말 잘 했어! 너의 이름이 저기 현수막에

걸렸단다!)

(엘리자베스: 정말요?)

(코치: 내가 가르쳐준 동작을 아주 멋지게 해냈구나 정말

대견하다 이제 다음은 결승시합이다 결승에서 저도 괜찮으니

열심히 해라 엘리자베스!)

(엘리자베스:넵!)

(크리스탈: 엘리! 정말 축하해 은메달 확정이지? 정말 축하해!)

(엘리자베스: 고마워 언니 이제 더 열심히 해볼려고!)

(크리스탈: 그래 파이팅!)

(2개월 뒤)

엘리자베스는 결승전에 진출하여 호주에 루타피 롤리야 라는
선수를 만나 결승에 승리하여 금메달을 따게 된다 엘리자베스는
펜싱중 유명한 펜싱선수 라는 곳에 이름이 실리고 한국에서까지
엘리자베스를 보고 한국으로 가서 금메달을 따게 된다.
엘리자베스는 파리의 유명한 뉴스까지 이름이 나오는 유명한
펜싱선수가 되게 되고 엄마와 코치님,첼시와 크리스탈 언니에게
감사와 고마움을 전하고 세계 펜싱대회에 나가 은메달을 따게
된다.그리고 29살이 되던 해에 펜싱 선수를 은퇴하고 알렉스와
결혼하여 아이들과 펜싱의 신이라는 이름을 갖고 옛날과는
다르게 행복하게 살게 된다.

제4화 포켓몬스터 챔피언

   태초 마을에 사는 지우. 오늘은 포켓몬 트레이너의 한 발을 내딛는 날이다. '지우야 늦었어' '쿠울쿨' 콰당! 으어... 앗! 늦었잖아?! 다녀오겠습니다.

"안녕하세요? "

"지우야 늦었구나"

"오박사님 제 스타팅 포켓몬은 어디 있죠? 어.. 아 파아리 주세요!"

"그래"

(어라 이렇게 쉽게 얻을 수 있는 거 였나?)

"여기 있다"

"감사합니다!"

(지우 집)

"다녀왔습니다"

"다녀 왔니?"

"엄마 저도 이제 다 컸으니 모험을 다녀올께요"

"잘 가"

"앗 야생 가이오가 나왔닷! 나와라 파이리!"

워이이이이

"파이리 불대문자"

콰앙 효과가 굉장했다.

"몬스터볼 가라!"

띵 뽀로롱 뽀로롱 뽀로롱 피잉

야생 가이오를 잡았다.

일단 가라르 지방 체육관으로 가서 뱃지를 얻어야겠다.

(체육관 6곳의 뱃지를 얻으면 챔피언과 싸워서 이기면 챔피언이

된다. 챔피언이 되는 것은 어렵다.)

기차를 타고 가야겠다.

"여 지우! "

(오박사의 손자 오바람이다.)

"가라르로 가지전에 나와 대결하자. 이제부턴 넌 내라이벌이야!"

"지금이나 나와라 파이리! 화염방사!"

"으어....."

오바람을 이겼다.

"이제 가라르로 가겠어!"

"나중에 꼭 이긴다"

"다신 만나지 말자"

덜컹 덜컹 "이번 역은 가라르역 내리실 문은 오른쪽, 오른쪽으로 가시면 됩니다."

"이제 시작이다! 바다로 통해서 가야겠다. 나와라 가이오가!"

피잉-

가자! 6개의 뱃지를 얻은 후 챔피언이 될꺼야!

오바람도 모았다는데.. 설마 결승에서 만났다.

"나와라 리자몽! 뱃지를 모으면서 진화시켰지 그리고 자시안, 자마젠타, 아르세우라, 이로치, 레쿠자까지"

"이 순간을 기다렸다 아르세우르스 나와라!" 심판의 뭉치!! 으아아 이겼다"

"여러분 기다리고 기다리던 챔피언이 나왔습니다!"

"쉽다 쉬워 "

"좋은 승부였다. 오바람 인정하긴 싫지만.."

"그래!!!"